GW00771336

Juillet 2013

© Éditions Mijade
18, rue de l'Ouvrage
B-5000 Namur

© 1967 Bill Martin pour le texte
© 1967 Eric Carle pour les illustrations
Titre original : Brown Bear, Brown Bear,
What Do You See ?

Texte français de Laurence Bourguignon

ISBN 978-2-87142-845-9
D/2013/3712/32
Imprimé en Belgique

Bill Martin

Eric Carle

# Ours brun, dis-moi
## ce que tu vois?

Mijade

Ours brun, ours brun,
dis-moi ce que tu vois ?

Je vois un oiseau rouge
qui regarde par ici.

Oiseau rouge, oiseau rouge,
dis-moi ce que tu vois?

Je vois un canard jaune
qui regarde par ici.

Canard jaune, canard jaune,
dis-moi ce que tu vois?

Je vois un cheval bleu
qui regarde par ici.

Cheval bleu, cheval bleu,
dis-moi ce que tu vois ?

Je vois une grenouille verte
qui regarde par ici.

Grenouille verte, grenouille verte,
dis-moi ce que tu vois ?

Je vois un chat violet
qui regarde par ici.

Chat violet, chat violet,
dis-moi ce que tu vois ?

Je vois un chien blanc
qui regarde par ici.

Chien blanc, chien blanc,
dis-moi ce que tu vois ?

Je vois un mouton noir
qui regarde par ici.

Mouton noir, mouton noir,
dis-moi ce que tu vois ?

Je vois un poisson orange
qui regarde par ici.

Poisson orange, poisson orange,
dis-moi ce que tu vois ?

Je vois une institutrice
qui regarde par ici.

Institutrice, institutrice,
dis-moi ce que tu vois ?

Je vois des enfants
qui regardent par ici.

Enfants, enfants,
dites-moi ce que vous voyez ?

Nous voyons un ours brun,     un oiseau rouge,

une grenouille verte,

un mouton noir,     un poisson orange;

un canard jaune,

un cheval bleu,

un chat violet,

un chien blanc,

et une institutrice
qui regardent par ici.
Ça fait beaucoup
de monde !